어느 개 이야기

UN JOUR, UN CHIEN
by
GABRIELLE VINCENT

Copyright (C) 1982 by Casterman
Korean Translation Copyright (C) 2003 by The Open Books Co.

■ **일러두기** 이 책은 열린책들에서 2003년에 출간한 『떠돌이 개 Un jour, un chien』의 신판이다.

이 책은 실로 꿰매어 제본하는 정통적인 사철 방식으로 만들어졌습니다.
사철 방식으로 제본된 책은 오랫동안 보관해도 손상되지 않습니다.

어느 개 이야기
UN JOUR, UN CHIEN

가브리엘 뱅상

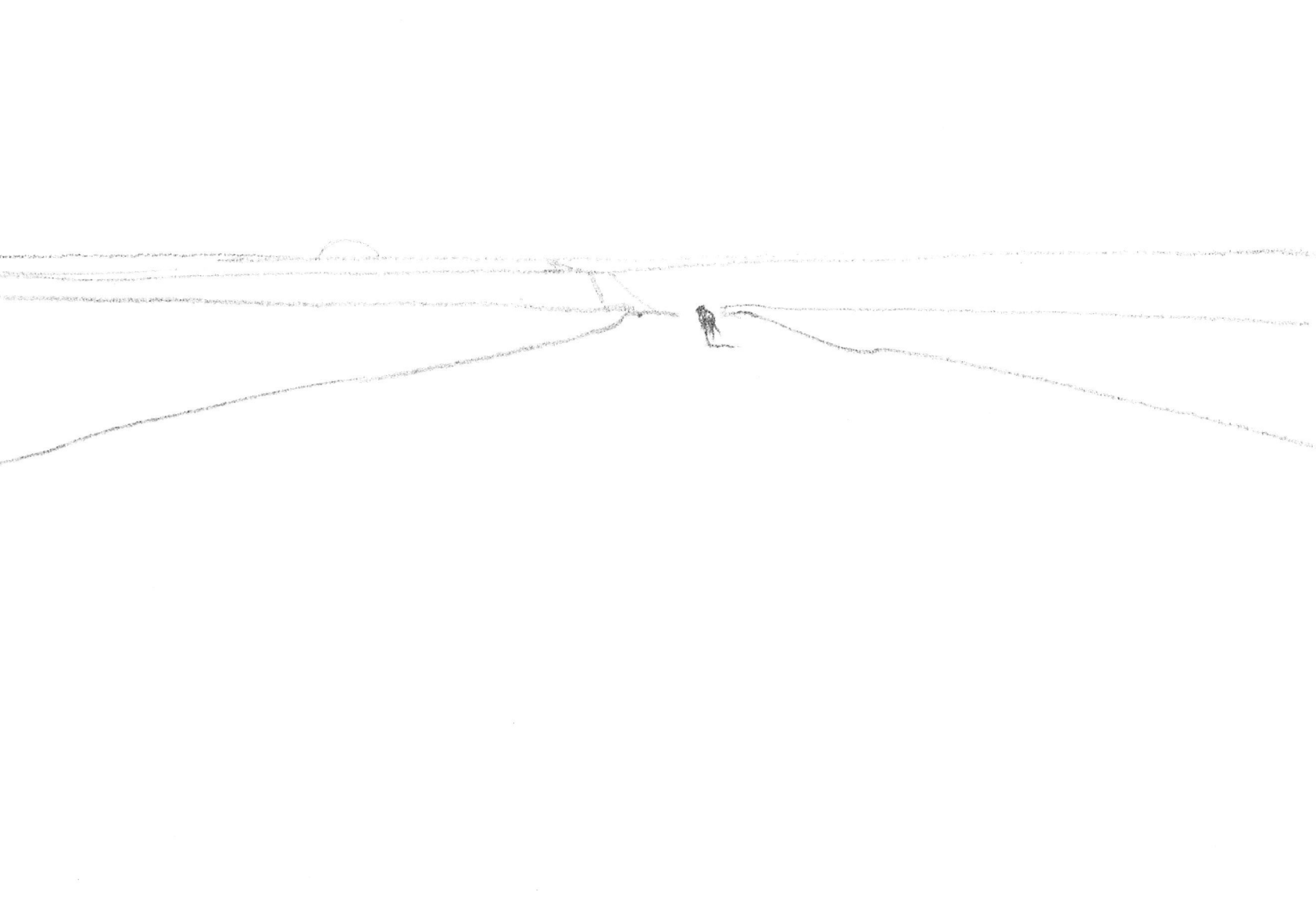

어느 개 이야기

지은이 가브리엘 뱅상 **발행인** 홍예빈·홍유진 **발행처** 주식회사 열린책들 **주소** 경기도 파주시 문발로 253 파주출판도시
대표전화 031-955-4000 **팩스** 031-955-4004 **홈페이지** www.openbooks.co.kr Copyright (C) 주식회사 열린책들, 2009, *Printed in Korea*. **ISBN** 978-89-94041-07-0 77860
발행일 2003년 4월 20일 초판 1쇄 2003년 7월 10일 초판 2쇄 2009년 10월 30일 신판 1쇄 2022년 3월 25일 신판 11쇄
이 도서의 국립중앙도서관 출판예정도서목록(CIP)은 서지정보유통지원시스템 홈페이지(http://seoji.nl.go.kr)와 국가자료공동목록시스템 (http://www.nl.go.kr/kolisnet)에서 이용하실 수 있습니다
(CIP제어번호: CIP2009003174).